KB130002

잘 지내나요

잘 지내나요

최지인 글 · 그림

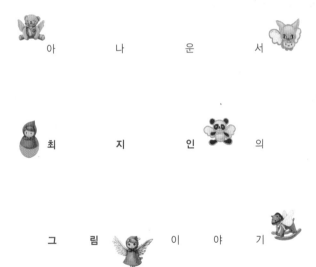

아　　나　　운　　서

최　　지　　인　　의

그　　림　　이　　야　　기

책만드는집

　조금은 부끄럽기도 합니다.

　글 쓰는 것에 자신 없는 마음이 있었기에 글 잘 쓰는 사람들을 늘 부러워해왔는데, 이런 제가 책을 내다니 숨고 싶기도 합니다.

　이 책은 그동안의 '날개'를 테마로 한 전시에 대한 화집 개념으로, 그림만 있으면 심심해하실까 봐 글 한 줄 더했다 생각해주시면 좋겠습니다.

　그리고 고맙습니다. 제게 이렇게 책을 낼 수 있는 기회를 주심에, 제 글과 그림에 관심 갖고 찾아봐 주심에.

　그림 전시회를 할 때도 부끄러웠습니다.

　방송을 할 때도 그렇습니다.

완벽하지 못하다는 거 잘 압니다.

모자람이 있다는 것도 압니다.

하지만 그렇기에 가능성이 있는 거라고도 생각합니다.

사실 그림 그릴 때에는 약간 모자람을 남겨두기도 합니다.

열정이 지나쳐서 답답함을 주는 그림보다, 빼곡하게 욕심이 담겨 있는 그림보다, 담아낼 공간이 있는 그림이 좋습니다.

공간을 생각하는 동양화를 전공해서 그런지도 모르겠고, 원래 성격에 약간 어수룩한 면이 있어서 그런지도 모르겠습니다.

그림에나 글에나 방송에나 그 사람이 담겨 있는 것 같습니다.

모자란 점이 있어도 솔직한 저의 모습을 보이고 싶었습니다.

누군가 손을 댄 그림이나 글보다 다듬어지지 않은 모습이라도 있는 그대로의 모습을 보이고 싶었습니다.

대신 앞으로 더 열심히 살면서 꾸준히 그림 그리고 글을 쓰며 변해가는 모습 보이겠습니다. 그래서 10년 후에는 누군가에게 꿈을 심어주는 사람이 되고 싶습니다.

응원해주시고 지켜봐 주세요.

2014년 5월
최지인

| 차례 |

Chapter **01** 두근두근

Chapter **02** 그대 떠난 자리

Chapter 03 보고 싶다

Chapter 04 그리고··· 못다 한

두근두근

choi ji yin,

두근두근

왜 이제야 내 앞에 나타난 건가요?

당신은 너무나도 늦게
내 앞에 나타나 주셨네요
그동안 정말 많은 일이 있었어요

지금부터 들어보실래요?

주의 깊게 들어주세요

내 얘기를 그냥 흘려듣지 말아주세요
적어도 당신은 내 얘기에 세심하게
귀 기울여주세요
당신만은 내 말뿐 아니라
말 이면의 것들,
행간의 의미까지 파악해주었으면 해요
주의 깊게 눈을 크게 뜨고
내 이야기를 느껴줘야 해요

오해는 하지 말아주세요
그냥 있는 그대로 좋게만 받아들여 주세요
당신에게 부담 주려는 것도 아니고
당신을 실망시키거나
화나게 하려는 것도 아니니까요

choi ji yin,

첫사랑

핑크빛 첫사랑은
여리고 애틋합니다
포근하고 달콤합니다

그리고…
습관처럼 자꾸만 기억이 납니다

내 눈에 콩깍지

내 눈에 콩깍지가 씌었나 봅니다
당신이 세상에서 가장 멋있어 보이네요

내 눈에 콩깍지가 씌었나 봅니다
당신이 세상에서 가장 듬직해 보이네요

당신을 처음 본 순간부터
나는 사랑에 빠졌나 봅니다

조금씩 알아가기

아직은 설레서
내 모습을 다 못 보여주고 있습니다
나를 알게 되면
어쩌면
당신…
나를 좋아하게 될 수도 있을 텐데요

조금씩 알아가다 보면 내가 보일 겁니다
그러니까 당신…
나한테 조금씩 다가와 주실래요?

choi ji yin.

기억하고 있나요

당신은 누군가에게 소중한 존재라는 것
기억해줬으면 좋겠습니다
그래서 마음 아픈 일 있어도
너무 상처받지 않고
당신을 소중히 생각해줬으면 좋겠습니다
누군가를 보살피는 것처럼
당신 자신도 아껴줬으면 좋겠습니다

지금,
당신을 안아주고 싶습니다
내 어깨에 머리를 기대게 해
잠시 눈을 붙일 수 있게 해주고 싶습니다
잠시라도 모든 일 잊고
쉴 수 있게
당신 곁에 내가 있다는 것
아직… 기억하고 있나요?

달콤한 행복 한 스푼

그래요
행복은 멀리 있는 게 아니었어요

휴일, 오늘은 그냥 뒹굴면서
행복을 찾아봅니다
발길 닿는 대로
산책해보기도 하고요

잠시 쉬어 가는 중에 만나는
달콤한 행복 한 스푼

choi ji yin

핑크빛

세상은 온통 회색빛
  내 마음은 그래도 핑크빛
   나는 사랑에 빠져 있습니다

설렘

당신을 만나고
당신을 알게 되고
당신을 사랑하게 되고

나는 세상을 다 가진 듯 행복합니다
벅차게 행복합니다
매 순간 설렙니다

자꾸 웃음만 나와
이렇게 행복해도 되는지
문득 불안해졌습니다

눈을 감다

눈을 감으니
당신의 웃는 모습이 떠오릅니다

눈을 감으니
당신의 숨소리가 들려옵니다

눈을 감으니
처음 만난 날…
당신과 내 손등이 스치던 촉감이 느껴집니다

그때…
당신의 향기가 나는 것 같습니다

주인공

드라마 속 주인공이 된 듯한 느낌
세상 누구보다
내가 예쁘다고 말해주는 당신

고맙습니다
당신 앞에서만은
세상 누구보다 예뻐 보이고 싶습니다

그래도 고맙습니다

왜 이제야 나에게 와주신 건가요?
그래도
고맙습니다
이제라도 내 곁에 와줘서

지금부터라도 우리
더 많이 사랑하기로 해요
더 오래 함께 있기로 해요

인연의 끈

사람은 한번 마주치고 나면
그때부터 보이지 않는 인연의 끈이 연결돼서
계속 그 사람을 느낄 수 있게 된다고 합니다

그렇다면
어느 순간 내 머릿속을 가득 채운 그 사람,
그 사람도 나를 생각하고 있을까요?

사랑이라고 표현하기에
너무도 깊숙이 숨겨뒀던 마음…
이대로 묻힐까 겁이 나기도 합니다

오늘도…
그 사람을 위해 기도합니다

신화조화 3, mixed media(53×33.4cm) 2013

신화조화 5, 새 · 나무 위에 아크릴(30×26cm) 2013

두근거림

모래 위에
당신의 이름을 썼다가 지웁니다

내 마음 들킬까 봐
겁이 나기도 합니다

이 심장의 두근거림…
　당신도 들리나요?

지금 당신

내 마음에 봄바람이 붑니다
세상이 참 아름다워 보이네요

부드러운 당신 음성
자꾸만 듣고 싶습니다
당신의 모든 것이 걱정되고
당신의 모든 것이 자랑스럽고
당신의 모든 것이 그립습니다

지금 당신,
나를 생각하고 있을까요?

신화조화 5, 새 · 나무 위에 아크릴(26×30cm) 2013

벌써 그리워집니다

당신 얼굴이 보고 싶습니다
당신 손길이 그립습니다
당신 음성이 듣고 싶습니다

바로 조금 전까지 같이 있었는데
벌써 그리워집니다

참 착한 당신

고백하던 날
우리의 간격은 허물어졌습니다

생각나요?
이젠 머리로 따지기보다
가슴 깊은 곳에서 울리는
마음의 목소리를 따라주길 바랍니다

내 입장에서 나를 생각해주는 거라면
당신이 내 옆에 있어주세요

마음을 감추는 말…
허상에 주목하기보다
말 이면의 마음을 보니
참 착한 당신이 보입니다

새 프랠루드, mixed media(14×21cm) 2012

신화조화 5, 새 · 나무 위에 아크릴(35×28cm) 2013

당신과 함께라면

당신과 함께라면 세상 누구보다 행복한 느낌
같이 걷기만 해도 기분이 좋아집니다

당신 앞에 서면 난
당신의 목소리를 듣는 게 참 좋습니다
보고 있어도 또 보고 싶어집니다

눈을 감는 0.1초가 아깝습니다
함께하는 이 시간이 너무나 빨리 지나가
순간을 붙잡고 싶습니다

당신과 함께한 모든 얘기들
놓치기 아쉽습니다

당신도 나와 같은 마음인가요?

또다시 4월

벗꽃이 피고 지고
또다시
  4월이 지나가는데

내게 봄은
  언제쯤 올까요?

신화조화 빛꽃, mixed media(72×50cm) 2013

신화조형 3, mixed media(18×26cm) 2013

아직도 난...

당신도 누군가를 사랑했었나요?
난 당신을 사랑했었습니다

지금도 난…

그 사랑 안에서

나… 이제는…
솜사탕처럼 달콤하지만
금세 녹아버리는 사랑이 아니라
내게 허락된 삶이 다할 때까지
지속되는 사랑을 하고 싶습니다

그 사랑 안에서
영원히 살고 싶습니다

신화조화 5 - 모란도, mixed media(29×29cm) 2013

신화조화 5 - 모란도, mixed media(60.6×45.5cm) 2013

당신을 믿습니다

당신에게 위안이 되는 사람이고 싶습니다
당신과 함께라면
이 세상 부끄럽지 않게
살아갈 수 있을 것 같습니다

나는
 당신을 믿습니다

가끔은 쉼표

생각이 머물 틈 없는
삶을 살더라도
이렇게
가끔은
쉼표를 찍을 때가 있어야 합니다

어쩌면 그렇게 가는 것이
지름길로 가는 것인지도 모르겠습니다

신화조화 3 - 겨울 꽃, mixed media(27×20cm) 2013

신화조화 3 - 목련, mixed media(27×20cm) 2013

해피 엔딩을

인어 공주처럼
물거품이 되는 사랑은 싫습니다
실제 그 글을 쓴 작가도
멀리서 바라만 보는 사랑을 했다고 하던데
그렇게 마음속에 깊이 숨겨놓고
혼자 그리워하며 살긴 싫습니다

당신에게 용기 내 다가가고 싶습니다
나는 해피 엔딩을 꿈꿉니다

채워주기

굳이 완벽해지려고
애쓰지 않아도 됩니다

나는
그대의 부족한 부분,
모자란 부분을
채워주는 사람이 되고 싶으니까요

신화조화 3 - 조형화된 꽃, mixed media(53×33.4cm) 2013

마음 단속

슬픔과 고난을 통해서
마음이 더욱 깊고 넓어져도
슬픔이 지나치면
웃음에도 그 아픔이 묻어나는 것 같습니다
웃어도 슬픈 표정이 되는 것 같습니다

그러니까
어려움이 있어도
지나치게 슬프지 않도록
마음 단속을 해야겠습니다
마음을 잘 다스려야겠습니다

그리다

하얀 종이 위에
당신을 그려봅니다

하얀 종이 위에
당신과의 추억을 써 내려가 봅니다

당신을 그리워하며 그립니다

신화조화-꽃들, mixed media(72×50cm) 2013

내게 다가오는 속도

급하게 먹으면 체합니다
과속하면 사고 납니다

그러니까 천천히
　다가와 주세요

들리나요

부드러운 바람결에
당신의 이름을 불러봅니다

들리나요?
"사랑한다"는 말…

choi ji yin

날개를 달아, mixed media(28×20cm) 2012

나비의 꿈 알았지, 미안해, mixed media(40×60cm) 2012

새 프렐류드 – 새장 밖, mixed media(14×21cm) 2012

알 수가 없습니다

막연한 그리움
막연한 아름다움

막연한 사랑
막연한 사람…

알 수가 없습니다

조금씩 맞춰가기

오늘 새 신발을 사러 갔는데
딱 맞는 신발이 없었습니다
한 사이즈는 조금 큰 듯하고
한 사이즈는 조금 끼는 듯해서
나중에 늘어날 것을 고려해
작은 신발을 골랐는데
걷다 보니 발이 좀 아프더라고요

문득 이런 생각이 들었어요

사람을 만날 때도 일을 할 때도
처음부터 딱 맞는 사람,
딱 맞는 일은 없잖아요
계속 신고 다니다 보면
신발이 발에 꼭 맞게 되는 것처럼
그렇게 서로가 조율해나가는 시간이,
적응 기간이 필요한 거겠죠

당신과도 신발이 발에 꼭 맞게 되듯

서로가 서로에게 꼭 맞는 사람으로

조금씩 맞춰갔으면 좋겠습니다

Chapter 02

그대 떠난 자리

choi ji yin,

잊었나요

당신 기억 속에 나는 어떤 모습인가요?
문득 궁금해집니다

당신,
정말 나와 한 얘기들을
다 잊은 건가요?
진정 믿기지가 않습니다

슬프도록 아름다운

세상이 아름답습니다
세상이 슬프도록 아름답습니다

하늘이 눈부십니다
하늘이 슬프도록 눈부십니다

신화조화 – 매화, mixed media(72×50cm) 2013

신화조화 5 – 모란도, mixed media(40×40cm) 2013

오늘은

누군가
내 마음의 문을
두드리는군요

그런데
오늘은 그냥
혼자이고 싶습니다

가끔은 혼자
생각을 정리하고 싶어요

ultramarine blue

ultramarine blue…
한없이 슬픈 느낌을 담고 있지만
그만큼이나
맑고 아름다운 색

하지만 그 색이 좋다고
하얀 도화지 위에 계속 덮어씌우면
탁한 느낌의 그림이 됩니다
그 색…
슬픔과 닮았다는 생각이 듭니다

신화조화 1 – 꽃비, mixed media(18×29cm) 2013

신화조화 – 모란, mixed media(72×50cm) 2013

거리 두기

나무가 잘 자라기 위해서도
적당한 거리 두기는 필요하다고 합니다

상대를 정말 사랑한다면
성장할 수 있게끔
적당한 거리 두기는 필요할 겁니다

상대의 모든 것을 알고 싶고
함께하고 싶더라도

때로는 의식적으로
하나, 둘, 셋, 넷…
적당히 거리 두기
되뇌어봐야겠습니다

어렵습니다

나는 사랑을 참 못합니다
나는 연애를 못하나 봅니다

나에게는 사랑이 너무 어렵습니다
나에게는 연애가 너무 버겁습니다

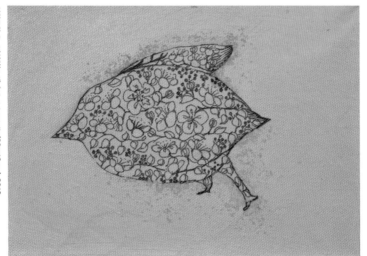

신화조화 3 - 비상하는 새, mixed media(26×18cm) 2013

신화조화-국화, mixed media(72×50cm) 2013

그래도 다시 희망

기대…
희망이라는 말…

그래도
가져봅니다

말을 삼킵니다

말로 내뱉는 순간
현실이 될 수도 있습니다
그러니 인정하지 않겠습니다

되돌릴 수 있다고
다짐하겠습니다

신화조화 - 국화, mixed media(72×50cm) 2013

신화조화-모란, mixed media(72×50cm) 2012

흔적

모든 것은 그대로인데
당신 흔적만이 남았네요

언제쯤 그 흔적
  희미해질까요

내 옆에 그대가 없을 뿐

당신과 함께 걷던 산책길
당신과 함께 마시던 아메리카노
당신과 함께 보던 저녁 무렵 하늘
모든 것은 그대로입니다

내 옆에
　그대가 없을 뿐

신화조화 3 - 앉아 있는 새, mixed media(26×18cm) 2013

신화조화 3 - 왕커비, mixed media(53×33.4cm) 2013

꿈만 같습니다

모든 것이 꿈만 같습니다
내 옆에 당신이 있던 순간들
당신과 함께했던 그 시간들
모든 것이 아득해집니다

지금 내 옆에
당신이 없다는 사실이,

당신이 다시는
내게로 올 수 없다는 것이
꿈만 같습니다

당신이 떠난 자리

그때 당신이 떠나고 난 자리에
가을바람이 불었습니다

지금은
내 마음에
겨울바람이 붑니다

산화조화, mixed media(72×50cm) 2012

Choi Jiyun,

wanna be, mixed media(30×45cm) 2012

2012.9,
智仁,

당신 없이도

당신 없이
가을이 지나갔습니다

당신 없이
겨울이 지나갑니다

당신 없이도
아무렇지 않게
봄은 또 오겠지요

어디에 있나요

거리를 지나가는 모든 사람이
마치 당신 같아 보입니다
우연이라도 마주쳤으면 좋겠습니다

당신…
  어디에 있나요?

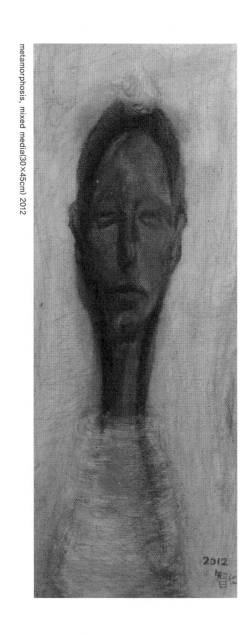

metamorphosis, mixed media(30×45cm) 2012

2012

그림자, mixed media(30×45cm) 2012

잊히겠지요

한 번의 사랑이 지나고 나니
몹시 나른해집니다
너무도 잠이 쏟아집니다

이렇게 끝나는 건가 봅니다
이렇게 남이 되는 건가 봅니다

푹 자고 나면 잊히겠지요
다시 또 잠을 청해봐야겠습니다

그래도 당신을...

당신을 잊을 수 있을까 싶었는데
다시 당신을 떠올려 보니
이제는 그 모습이 기억나지 않습니다

아직은 기억을 붙잡고 싶은데…
당신을 잊지 않을 수 있을까요?

신화조화 2p, mixed media(72×50cm) 2013

신화조탁 2, mixed media(72×50cm) 2013

당신이 없습니다

내 눈엔 당신이 보이는데
내 옆엔 당신이 없습니다

내 가슴엔 당신이 느껴지는데
이제 내 옆엔 당신이 없다고들 합니다

내가 사랑했던 사람

사랑은…
지나고 난 다음에
알게 되는 것 같습니다

내가 사랑했던 그 사람이
좋은 사람이었는지 나쁜 사람이었는지는
오랜 시간이 흐른 뒤에
알게 되는 것 같습니다

오랜 시간이 지나도 기억이 나는 사람
헤어질 때는 미안했고
시간이 지나면서 고마움을 알게 되고
그래서 잊히지 않는 사람…

많은 시간을 공유하고 내가 사랑했던 사람

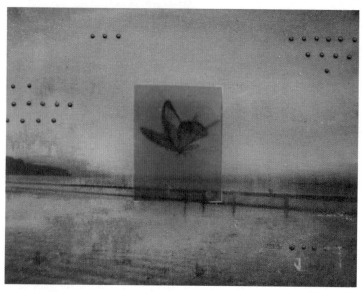

나비···날다-노을 발리, mixed media(30×20cm) 2012

답답함

저절로 깊은 한숨이 새어 나옵니다
답답하네요
이 상황을 풀 수 없다는 것이
안타깝습니다

슬퍼하지 않아도 될 텐데…
당신과 나 사랑하는 것을 알면서도
그 때문에 힘들어하는 이 상황이
답답하기만 합니다

더 사랑했으므로

더 사랑했으므로 후회는 없습니다
내가 할 수 있는 것은 다 했기에…

다만,
아직 사랑이 남아 있어
아쉬움은 남습니다

신화조화 2, mixed media(112×146cm) 2013

아키갤러리, 2012

기억 지우기

오늘은 슬프지만 아름다운

파란색으로

당신을 지워갈게요

하루가 또 가고 나면

더 이상의 기대도 희망도 남지 않도록

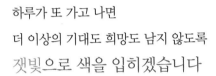잿빛으로 색을 입히겠습니다

Chapter 03

보고 싶다

신화조화 5 - 모란도, mixed media(90×73cm) 2013

주문

이제부터
모든 일은 잘 풀릴 겁니다

이제부터
나를 만나게 될
모든 사람은
다 좋은 사람들일 겁니다

기분 좋아지는 것들

꽃비 내리는 봄날 남산

향긋한 커피 향이 나는 카페

부드럽고 달콤한 카푸치노 거품

한여름 밤의 보사노바 선율

가을날 바스락거리는 소리 들으며 낙엽 밟기

놀이터에서 뛰노는 아이들의 웃는 얼굴

당신이 "사랑해"라고 귓가에 속삭이는 말

생각만 해도 기분 좋아지는 것들

나를 위로하며 떠올려 봅니다

생각만 해도 흐뭇해지는 것들

choi ji yin.

꽃이좋래, mixed media(17×22cm) 2012

나를 잊지 말길

나를 사랑한다던 말
그 순간만이라도
진심이었길

지금도
기억하고 있길

순간순간
떠올려 주길

영원히
나를 잊지 말길

내 마음

지금은 분명 초여름인데
내 마음엔
눈이 내립니다
쓸쓸한 가을바람이 붑니다

지금은 분명 아침인데
내 마음은
아직 밤입니다
고즈넉이 저녁노을이 집니다

신화조화 4, mixed media(100×80cm) 2013

잊혀가는 것들

어렴풋하게 기억이 나
  이제는 아스라이 잊혀갑니다

스쳐 지나가는 것들

모든 감정은 일시적인 거니까
지금 이 순간 힘들어도
다 지나간다는 것을
잊지 말아야겠습니다

지금 당장 행복해도
언젠가 문제가 생길 수 있음을
잊지 말아야겠습니다

지금 문제가 있어도
시간이 지나면
자연스럽게 풀릴 수도 있음을
잊지 말아야겠습니다

기억...이 추억이 되어

마주쳤습니다
그리고 스쳐 지나갔습니다

잊혔습니다
다시 마주쳤습니다
또다시 스쳐 지나갔습니다

이제는
기억…이 추억이 되고 있습니다

마음 비우기

나는 지금
마음을 비우는
연습을 하는 중입니다

원래 실망은
희망하는 것을 버리는 것이라고 하죠
그러니 바라는 걸 버려야겠습니다

이제는 요구하지 말고
이해해야겠습니다

you can do it, mixed media(25×25cm) 2012

신화조화 2g, mixed media(90×73cm) 2013

이해

사랑은 결국 이해하는 것이라는 걸
어쩌면 이제야 느꼈는지도 모르겠습니다
그래서 힘이 든다는 걸
이제야 느꼈는지도 모르겠습니다

그래도
나를 이해하려는 마음이 없는 사람을
굳이 사랑하려 애쓰진 않겠습니다

그냥

삶은
산 넘어 산인가 봅니다

그냥 즐겁게
그냥 옆에 있는 사람들과 함께
햇살 한 줌, 바람 한 점
친구 삼아 산책하듯
상쾌하게 넘어가야겠습니다

나비… 날다-있은 들판, mixed media(30×20cm) 2012

지금 내가 할 수 있는 것

지금 내가 할 수 있는 것은
아무것도 없습니다
지금 내가 할 수 있는 것은
손 놓고 기다리는 것뿐입니다
지금 내가 할 수 있는 것은
그대를 잊으려 노력하는 것뿐입니다
지금 내가 할 수 있는 것은
그대를 원망하며 지워가는 것뿐입니다

지금 내가 할 수 있는 것은
기도하는 마음으로
그리고 또 그리는 것뿐입니다
지금 내가 할 수 있는 것은
내 상처를 치유받기 위해
위로하고 위로받는 것뿐입니다

지나고 나면

그래도 지나고 나면
좋았던 것만 기억될 겁니다
그래도 시간이 지나고 나면
좋은 사람으로만 기억에 남겠죠

나쁜 것은 오래 기억하지 못하는
힘든 일들은 빨리 잊어버리는
내 기억이 참 고마울 뿐입니다

갤러리 아라아 개인전 '날개를 파고 싶다', 2013

나비…날다-외운 몽환, mixed medial(30×20cm) 2012

위로

괜찮다
괜찮다
다 괜찮다

어떤 날은 응원의 말보다
그냥…
지친 마음을
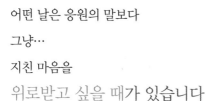
위로받고 싶을 때가 있습니다

가끔은

가끔은 나도 하고 싶은 말이 많답니다
그리고 가끔은 아무 말도 하기 싫을 때가 있어요

가끔은 듣고 싶은 노래가 많은데요,
가끔은 아무 소리도 듣고 싶지 않을 때가 있어요

나비··· 날다 - 일문, mixed media(30×20cm) 2012

choi. jiyin.

나비… 날다, mixed media(20×30cm) 2012

주문을 걸어

말로 내뱉는 순간 현실이 될 겁니다
인정하지 않고
다짐하겠습니다

온 우주는 내 기도를 들어줄 거라고
주문을 외듯
다짐하고 또 다짐해봅니다

기대… 희망이라는 말
그래도 되뇌어봅니다

인연

좋은 사람…
헤어지고 나서 더 느끼게 되는 것 같습니다
시간이 지날수록 깨닫게 되는 것 같습니다

좋은 사람임을 몰라봐서 미안합니다
좋은 사람이 아닌 줄 알면서
붙잡아서 미안합니다

새로 다가올 인연을 위해
이런저런 일 겪어왔다 생각하겠습니다
다음에 인연을 만나면
웃을 일만 있었으면 좋겠습니다
서로가 서로를 소중히 하고
아끼는 인연을 만났으면 좋겠습니다

나비…넘다-블럭, mixed media(30×20cm) 2012

나비… 날다-별리, mixed media(30×20cm) 2012

몰랐습니다

나는 몰랐습니다
도시에도 나비가 날아다닌다는 사실을

나는 몰랐습니다
밤에도 새가 날아다닌다는 사실을

나는 정말 몰랐습니다
그때 그 순간에도 당신은 나를
사랑하고 있었다는 사실을…

라디오 진행을 하면서

오늘은 거짓말 때문에 믿음이 깨진 커플의
상담 사례를 통해 어떻게 현명하게
사랑을 해야 할지 고민해보는 시간 가져봤는데요
나와 내 주변 사람들이 만든 잣대에 맞춰서
상대를 비난하기보다는, 상대와의 대화로
왜 그 사람이 그럴 수밖에 없었는지
이해하려는 노력이 필요하지 않을까 싶습니다

둘 사이의 문제,
다른 이들의 조언도 필요하겠지만
가장 중요한 건
서로를 이해하려는 마음이 아닐까 싶습니다

인연을 잇는 열쇠는 열린 마음으로 갖는
둘 사이 대화일 겁니다
다 얘기하다 보면
이해 못 할 사정은 없는 것 같아요

나비… 날다-비 오는 일로, mixed media(20×30cm) 2012

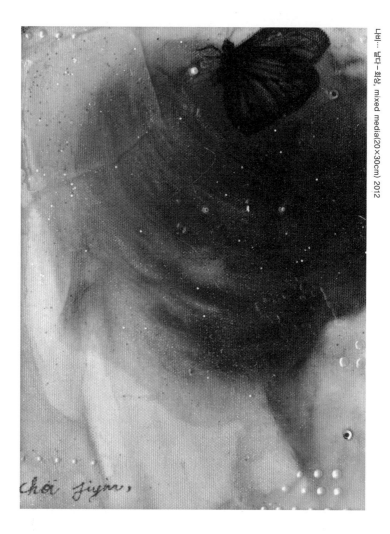

chai jiyin.

나비… 날다-회상, mixed media(20×30cm) 2012

이런 사람을 만나고 싶습니다

계산적인 사랑이 아닌
순수한 사랑을 하는 사람
자기 입장만 생각하지 않고
나를 먼저 생각해주는 사람
울게 하는 사람이 아닌
함께 있으면 웃게 되는 사람

자신만의 세계에 갇혀 사는 사람이 아닌
타인의 세계도 이해해주고
내가 아닌 어떤 사람과도
진실된 마음으로 친해질 수 있는 사람

눈에 띄게 멋지진 않아도 웃는 모습이 예쁜 사람
자기 스타일에 맞게 자신을 가꿀 줄 알고
내 있는 그대로의 모습을 사랑해줄 수 있는 사람
자기가 길들인 것에 대해 책임질 줄 알고
말 한마디에도 배려심이 묻어 나오는
그런 사람을 이제는 만나고 싶습니다

나는...

나는 나를 명품으로 치장하기보다
내가 명품이 되고 싶습니다
나는 사람을 만날 때도
잘생기고 조건이 좋은 사람보다
성격이 잘 맞는 사람
매력이 있는 사람에게 더 끌립니다

누군가를 유혹해야 한다고 생각하지 않고
나를 관심 있게 보는 사람들 중
나에게 마음을 여는 사람들 중
나와 맞는 사람을 만나야 한다고 생각합니다

나와 생각이 맞고
나와 조화를 이룰 수 있는 사람,
생각이 꼭 맞아떨어지지 않아도
서로 살아온 환경이 다른 만큼
이해하려고 노력하는 그런 사람을 만나
진실되게 사랑하고 싶습니다

나는 누군가에게 잘 보이기 위해 나를 꾸미기보다
나 자신이 보기에 부끄럽지 않은 내가 되고 싶습니다
내 주변 사람들이 보기에, 가장 가까운 사람이 보기에
자랑스러운 사람, 필요한 사람이 되고자 합니다

나는 영화나 드라마 같은 사랑이나
백마 타고 온 왕자님,
큰 선물, 이벤트를 꿈꾸지 않습니다
어떤 일이 있어도
한결같이 옆에 있어주는 사람이어서
함께 평범한 일상을 즐길 수 있는
그 사람의 둘도 없는 친구가 되고 싶습니다

나는 누군가를 판단하기에 앞서
상대를 더 많이 느껴야 한다고 생각합니다
짧은 시간의 만남으로
그 사람이 여태까지 걸어온 삶과 생각을
단정해버리진 않습니다

편견 없이 사람을 만나고자 노력합니다
내가 하는 구분 짓기, 분류하기는
대체로 다른 것을 말하고자 함입니다

나는 사람을, 사랑을 가볍게 생각하고
어려운 순간, 위기를 모면하기 위해
약삭빠른 생각을 하는 여우보다
오랜 시간 함께해도 늘 한결같아서
상대에게 힘이 되어주는
현명한 여자, 지혜로운 여자가 되고 싶습니다

어떤 만남이든
만남에서 끝을 먼저 생각하고 싶지 않습니다
만남을 통해 서로가 성장해야 한다고 생각합니다
대화를 통해 나를 성장시키고자 합니다
그래서 자꾸 말을 곱씹고 생각을 더합니다
진솔한 대화는 때로 좋은 책보다
삶을 더 풍요롭게 가꿔줍니다

그 자리에서 바로 반응하지 못함은
혹시라도 내 말에 상처받지 않을까
주저하고 있기 때문입니다
그래서 내가 말을 직설적으로 함은
매우 드문 경우입니다
너무나도 편하게 느꼈거나
내 말을 오해 없이 들을 거라는 믿음,
그리고 도움이 될 거라는 판단에서일 겁니다
하지만 혹시 누군가 내 말로 인해 상처를 입었다면
나, 진정⋯ 사과하고 싶습니다
상처받기 싫은 만큼 상처 주고 싶지 않습니다

그리고⋯ 못다 한

시도

미대생들, 종종 멋있어 보인다는 얘기를 듣습니다. 하지만 현실
은 항상 물감이 옷에 묻어서 모든 옷은 작업복이 되고 밤샘 작업
도 습관처럼 합니다. 물론 그림 그리는 게 좋으니까 매 순간이 행
복하지만, 고민도 많습니다. 학교를 졸업하면 부모님께 의지하
지 않고 재료비 걱정 안 하면서 자유롭게 작업하고 싶은데, 가능
한 일일지… 고민하기도 했습니다.

　졸업을 앞두고도 전시를 어떻게 하는 건지 감이 안 잡히고, 화
가로의 생활은 어찌해야 하는지 앞이 보이지 않아 두렵기도 했
습니다. 초등학교 4학년 때부터 미술로 전공을 정하고 붓을 잡았
으니 꽤 오랜 시간 그 세계 안에서만 살았습니다. 그래서 세상 밖
으로 나올 생각에 불안하기만 했습니다. 어쩌면 작업실을 벗어
나 세상 밖으로 나온다는 것을 두려워만 했지 시도할 엄두를 내
지 못했던 것도 같습니다.

　첫발을 내딛는 게 너무나도 어려웠지만, 그다음부터는 도와주
는 사람도 있고, 같이 걷는 친구들도 생겼습니다. 불안한 마음은
늘 따라다니나 봅니다. 지금도 불안하긴 하지만 시도했음을 후
회하진 않습니다. 자꾸 부딪쳐 보려고 합니다. 결국 부딪쳐 가면
서 배우는 거니까요.

"작업실에서 그림만 그리고 있다고 해서 알아주는 사람은 없어. 화가는 그림을 누군가에게 보이고 소통하는 과정이 중요해"라고 하셨던 교수님의 말씀이 생각납니다.

첫 전시에서는 그림을 공개하는 것이 두렵고 떨렸습니다. 사람들이 어떤 반응을 보일지 걱정도 됐습니다. 그렇게 한 번, 두 번 전시를 하면서 배우고 평가받고… 저는 오늘도 저를 다듬어 가고 있는 중입니다.

저는 언제나 현재진행형으로 소통하면서 앞으로 나아가려고 합니다. 그 과정에서 상처를 입을 수도 있겠지만, 상처는 언젠가는 아무는 거니까요. 뼈가 부러질 수도 있겠지만, 부러지고 나면 더 단단해질 겁니다. 두려워하지 않고 쉼 없이 정직하게 나아가겠습니다.

기록하다

책을 묶음으로써 그동안의 전시를 기록으로 남기고 싶었습니다. 화가들도 적극적으로 자신을 알리고 그림을 알리면서 세상과 소통해야 한다고 생각합니다.

1980년대 후반, 'yBa young British artists'라고 지칭되는 영국의 젊은 미술가 군단은 자신들을 알리기 위해 노력했던 때가 있었습니다. 그때 이름을 알린 화가로 데미안 허스트 등이 있는데요. 물론 평은 엇갈리지만 그들도 그들 나름대로의 열정으로 미술계에 한 획을 그었다고 생각합니다. 발전을 위해서는 비평도 있어야겠지만 비판의 목소리에 너무 신경을 쓰면서 시도조차 하지 않으면 안 될 것입니다.

뭐든 주어진 것에 최선을 다해 열심히! 방송도 그림도 성실하게 하면서 시너지 효과를 낼 수 있도록 노력하겠습니다.

쉼 없이 나아가다

그림을 그리면서 방송 일도 하다 보니 양쪽에서 축하와 관심을 받음과 동시에 스트레스를 받기도 합니다. 물론 일에서의 스트레스보다 사람 관계 속의 스트레스가 더 클 때도 있습니다. 가시 돋친 말 한마디에 상처를 받기도 합니다.

"하나만 하기도 힘든데…"라는 말도 간혹 듣습니다. 하지만 그 동안 그림도 그리고 공부도 하면서 학창 시절을 보냈습니다. 그래서 어쩌면 견딜 수 있는 건지도 모르겠습니다. 어느 하나 소홀함 없이 최선을 다하려고 합니다. 잘되는 것도 있고 잘 안 풀리는 문제도 있지만, 매 순간을 즐기면서 지내려 합니다.

아나운서를 준비할 때도 필기시험을 준비하면서 작문도 연습하고, 방송 실기도 준비했습니다. 필기시험에 대비해 백과사전 같은 책을 보면서 '이게 과연 나올까?'라는 생각도 했지만 하나하나가 다 나중에 도움이 됐습니다. 지금 이 순간 제게 닥친 시련도 풀리지 않던 수학 문제라 생각하고 차근차근 풀어나가려합니다. 시간이 길어지면 백과사전 같은 책을 외워야 했던 때를 떠올리면서 '힘들지만 언젠가는 도움이 되겠지'라고 생각해보겠습니다.

끊임없는 정성으로 쉼 없이 나아간다는 지성무식至誠無息이라는 말을 마음에 새겨봅니다. 성실하고 진솔하게 한 걸음 한 걸음 내딛겠습니다. 조금씩 나아지는 모습 앞으로도 쉼 없이 기록으로 남기겠습니다.

그림으로 소통하길

화가들의 마케팅 사례를 조사하면서 찾아보니 요즘은 화가의 그림이 광고에도 나오고 드라마에도 나오고 기업과의 콜라보레이션(협업)을 통해서 화장품 케이스나 포장 상자에 인쇄되기도 하더라고요.

저도 그렇게 다양한 통로를 통해 그림 애호가들을 만나고 싶고, 그림을 잘 모른다 생각해서 방학 숙제 이후로 미술관을 찾지 않는 분들에게도 자주 보여드리고 싶습니다.

그림이 결코 어려운 것이 아님을 얘기하고 싶고, 그림을 통해 말하고자 하는 제 생각을 전하고 싶습니다.

그렇게 공감하고 소통하고 이해하고 친해지는 거겠지요?

저도 여러분께 조심스럽게 한 걸음 한 걸음씩 다가서고 있으니까요.

여러분도 제 그림에 귀 기울여주세요. 찬찬히 살펴봐 주세요.

저도 이해받고 싶고 누군가 토닥여줬으면 좋겠고 기대고 싶고 그래요.

다양성

'화가들의 마케팅'을 주제로 논문을 쓰고 있습니다. 마케팅의 개념은 판매만이 아니라 제작에서부터 현장 조사, 유통 단계와 홍보, 판매까지 아우르는 표현이더라고요. 그래서 이래저래 자료들을 찾아보고 있는데, 재미있는 내용이 많습니다.

아이러니하게도 화가들이 적극적으로 마케팅을 하는 모습에 거부감을 느끼는 분들도 많고 상업적이라는 표현을 쓰며 깎아내리기도 합니다. 그림에 대해서도 낮춰 보는 경우가 있는 것 같습니다.

하지만 화가들도 다양하잖아요. 그 다양성을 인정해주면 안 될까요? 그림도 개개인마다 취향의 차이가 있는 거니까요. 순수미술은 순수미술대로, 대중적인 그림은 대중적인 그림대로 인정해주면 되지 않을까 싶습니다.

프랑스에서는 남과 다른 나를 인정해주는 톨레랑스^{tolérance} 정신이 있다고 합니다. 그에 비해 우리나라에는 '다른' 것과 '틀린' 것을 구분하지 않는 경향이 있습니다. 남과 내가 같지 않은 것은 당연한 일인데, 나와 같지 않은 남을 틀리다고 단정 짓지는 말아야겠습니다. 그리고 그 다양성을 인정해야지 다음 단계로 넘어

갈 수 있을 거라는 생각을 조심스럽게 해봅니다. 다양함 속에 진
일보할 수 있는 발전 방안을 모색해봐야 하지 않을까요?

지금 할 수 있는 것에 집중하자

화가들은 개인전을 끝내고 나면 몸살을 앓는 경우가 많습니다.
그만큼 온 힘을 쏟았다는 거겠지요. 하지만 아플 시간이 없고 아
프면 안 된다고 생각하면 병도 비켜 간다고 하죠.

개인전 후 바로 아트 페어로 그림을 옮겨서 주말까지 10여 일
간을 그렇게 정신없이 지내고 나니 정신이 몽롱해집니다.

아트 페어에서 약간의 사고가 있어서 제가 그림을 아침 일찍
부터 디스플레이하고 있었는데요, 회사에서 갑자기 호출을 받았
습니다. 생방송 체제라 회사에서 호출을 하면 무조건 30분 안에
들어가야 하기에 코엑스에 있는 전시장부터 국장님 앞까지 정확
하게 30분 만에 도착했습니다. 굽 높은 구두를 신고 달리기가 힘
들어서 양손에 구두를 들고 맨발로 그 넓은 코엑스몰을 전력 질
주하면서 여러 가지 생각이 떠올랐습니다.

그 와중에 제 삶을 되돌아보게 됐는데요, 극한에 다다르면 사
고를 재정비하게 되는 것 같습니다.

포기할 것은 포기하고 할 수 있는 것에 집중하려고 합니다.

살다 보면 나를 좋아하는 사람도 있고, 기대가 커서 실망하는
사람도 있고, 첫인상은 차가워 보이는데 알고 보니 털털한 매

력이 있다며 호감을 표시하는 사람도 있습니다. 내 삶도 100% 만족을 위해 살기보다, 모든 사람에게 100% 인정받기 위해 고군분투하기보다, 조금은 모자라더라도 내가 하는 일에 행복감을 느끼고 주변도 둘러보며 살아야겠다고 다시 한 번 다짐해봅니다.

시간 관리

생방송 앵커에, 프로그램 진행자에, 때로는 행사 진행과 광고 모델, 아나운서 아카데미에서 강의도 하면서 화가로서의 일과 대학원 수업까지…. 쉴 틈 없이 빠르게 달려왔습니다. 그래서 때론 소중한 사람들과 시간을 보내지 못한 것이 아쉽기도 합니다.

좋아하는 친구들과 주말에는 브런치도 즐기고, 고마운 선생님도 찾아뵙고, 사랑하는 할머니, 할아버지, 가족들도 자주 보고 싶은데 일에 빠져 지내다 보면 시간이 3개월 단위로 훌쩍 지나가 버립니다.

그렇다 보니 때론 놓치게 되는 중요한 일도 생깁니다. 그래서 얼마 전부터 일의 우선순위를 정해 노트에 적으면서 하루를 시작합니다. 그날 못 한 것은 다음 날로 미루기도 하지만 이런 습관을 들이니 중요한 일은 잊지 않고 하게 됐습니다.

한동안은 너무 힘들어서 "내가 왜 이러고 사는지 모르겠다"라는 말을 입에 달고 살았는데요, 그때 김난도 교수님께서 어느 정도 시간이 지나면 아무리 바빠도 시간을 효율적으로 사용할 수 있는 방법을 터득하게 되고 모든 일을 잘 운용할 수 있게 될 거라고 조언해주셨습니다. 책 저자 인터뷰를 하는 MBN 디엠비

〈라디오, 책을 만나다〉라는 프로그램을 통해 만난 『아프니까 청춘이다』의 김난도 교수님은 가끔씩 조언을 해주시는 제 멘토이십니다.

김난도 교수님은 또 이런 말씀을 해주셨습니다.

"물이 끓는 온도가 되기 전 시간이 가장 힘들어요. 그 물이 끓어서 기체가 되고 나면 자유로워져요. 그리고 한 단계 성장하게 되는 거죠."

당시 교수님도 일본 NHK 방송에서 프라임 시간대에 강연도 하시고 이 시대의 멘토로 누구보다 바쁜 시간을 보내고 계시면서도 책도 쓰고 계셨습니다. 교수님께서도 한동안은 너무 바빠서 힘들어 하셨지만 '시간을 운용해야겠다. 시간에 끌려다니면 안 되겠다'라는 생각을 하면서 계획을 세우고 아침의 일정 시간을 책을 쓰는 시간으로 정하셨다고 합니다.

기체가 되기 전에 불을 끄면 그 물은 식은 물이 됩니다. 어떤 일이든 물이 끓는 온도인 한계점을 넘으면 다 할 수 있는 능력이 생기지만, 그대로 포기하면 그냥 해봤던 일로 남습니다. 경험해봤다는 자기 위로로 그치지 않고 한 단계 성장하기 위해 시간 관리를 잘해야겠습니다.

시간에 끌려다니지 않게끔 하루의 시간부터 반기 계획, 1년 계획, 10년 계획까지, 계획을 세워서 운용해야겠습니다. 그리고 해이해지지 않도록 내 계획을 다른 사람들에게 알릴 필요도 있겠습니다.

손을 펼쳐

'오픈 핸즈'라는 자선단체의 홍보대사로 활동하게 됐습니다. '오픈 핸즈'는 물 부족 국가에 정수 기구를 설치하는 단체로 청년 창업을 돕는 사업도 하고 있는데요, 제가 제 그림을 활용해 아트 상품을 만들어 '착한아트상품 지인씨'라는 회사로 키워가려고 하는데도 도움을 주고 계십니다.

사실 누군가를 도우려고 했다가 제가 더 많이 받는 것 같은 느낌, 이번뿐만이 아닙니다. 누군가를 돕고자 손을 펼치면 제가 내민 손을 잡아주는 사람들이 더 늘어나는 느낌입니다. 이렇게 손에 손을 잡고 지구 한 바퀴를 돌아 따뜻한 마음이 퍼져 나갔으면 좋겠습니다.

SBS 드라마 〈너의 목소리가 들려〉

MBC 드라마 〈기황후〉

너의 목소리가 들려 & 기황후

SBS 드라마 〈너의 목소리가 들려〉와 MBC 드라마 〈기황후〉에 제 그림이 나왔습니다.

　주인공인 이보영 씨 방에 걸려 있는 그림을 보면서, 주인공 책상 위에 놓여 있는 날개 단 인형 시리즈 노트와 '다시 일어나!' 오뚝이 머그컵을 보면서 참 뿌듯했습니다.

　〈기황후〉 황후 대전에도 3m 높이의 〈신화조화〉가 들어갔습니다. 50부작 드라마에 계속해서 나오니 앞으로도 이 뿌듯한 느낌 이어질 듯합니다.

　광고 원리의 하나인 단순노출효과도 자꾸 보면 정든다는 법칙을 활용한 건데요, 제 그림도 이렇게 자꾸 노출이 돼서 보다 많은 분이 정겹게 볼 수 있게 되면 좋겠습니다.

　〈기황후〉와 〈너의 목소리가 들려〉의 두 여주인공이 지난 연말에 큰 상을 받은 것까지도 왠지 모르게 기뻤습니다. 살다 보면 이렇게 기쁜 일도 있는 거겠죠. 그러니까 더 열심히 살아야겠습니다.

뒹굴뒹굴

머리가 아프네요. 왜 이렇게 살까요? 이렇게까지 힘들게 살지 않아도 될 텐데, 무슨 부귀영화를 누리려고 이러는 걸까요?

오늘은 좀 자야겠습니다. 자고 일어나면 나아질 겁니다. 다 좋아질 겁니다. 그렇게 생각하며 오늘도 제 자신을 위로해봅니다.

때로는 나 자신에게 이렇게 투정 부리고 위로하고, 가끔은 나 자신에게 선물도 줍니다. 그 선물은 여행이 될 수도 있고, 갖고 싶었지만 사치라고 생각해서 접어뒀던 것일 수도 있죠. 때로는 시간을 주기도 해요. 멍하니 아무 생각 없이 뒹굴거리는 시간요. 그렇게 하루를 자다 일어나 뒹굴거리기를 반복하다 보면 바쁘고 일이 있는 게 좋더라고요. 아무 일이 없어 무료한 것보다 일이 많아 스트레스 받는 게 더 낫다고들 하던데 정말 그런 것 같습니다.

책을 읽다 보면 '나 자신을 위로해주기'라는 부분이 마음에 와 닿을 때가 많습니다. 나 자신에게 너무 엄격한 잣대를 세우기보다 때로는 내가 나를 위로하기도 하고, 칭찬도 해야 한다는 부분요.

가끔 나 자신에게 "사랑한다, 사랑한다, 사랑한다, 너는 특별한 존재다"라고 주문을 외워보세요. 내 안의 아이를 위로해주는

작업입니다. 내가 나를 사랑할 때 좋은 그림이 나오고, 기분 좋
은 만남이 이어지지 않을까 생각해봅니다.

먼저 손 내밀기

자주 듣는 말을 타인에게도 하게 되는 것 같습니다. 그리고 내가 받았던 사랑과 배려를 그대로 누군가에게 행하게 되는 것 같습니다. 그래서 환경이 중요한가 봅니다.

잘하려고 애써도 어찌해야 할지 모르는 사람에게도 내가 먼저 손을 내밀어야겠지요. 그렇게 내가 먼저 손을 내민 것처럼 그 사람도 다른 누군가에게 손을 내밀어줄 거라고 믿습니다.

지금 당장은 힘들고 갑갑해도 조금씩 나아질 거란 희망을 잃지 않고 계속해서 저는 손을 내밀려고 합니다. 나로 인해 세상이 크게 변하기보다 지금 당장 내가 할 수 있는 작은 행동들로 세상이 조금씩이라도 나아지게끔, 내가 있는 이 자리에서 최선을 다해보렵니다. 내가 조금 고단해도 다시금 힘을 내어보렵니다.

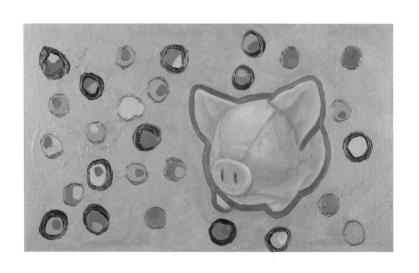

다시 시작

너무 몰아치지 말자.
발을 동동 구르며 삶을 사는 사람은
지켜보는 이도 답답할 테니까.
적어도 나를 아끼는 사람들은
내가 조금 더 여유를 갖기를 바라겠지.
힘내자! 다시 일어서! 파이팅!

해가 뜨면 나는 또다시 정글 같은 일상으로 돌아가야 할 테지
만 정글에는 따스한 햇살도, 잠시 쉬어 가는 바람도, 향기로운 꽃
도, 바람이 불 때 몸을 낮출 줄 아는 풀도 있는 거니까….

반복, 그래도 다시

그림, 아트 페어, 전시회, 도돌이표~! 그래도 다시!!

　반복될수록 내 체력은 강해질 겁니다. 나에겐 경험이 쌓일 테니까요. "방송 10년 차 아직도 요 모양이야"라고 사람들 앞에서 얘기하지만 10년 동안 매일같이 해온 방송인지라 눈에 보이는 것도 느껴지는 것도 1년 차 2년 차 때와는 조금씩 달라진 것 같습니다.

　잘하는 것처럼 보이려고 애쓰고 인정받길 원하기보다 큰 그림을 그려야 한다는 것, 그리고 자연스럽게 하면 된다는 것을 안 것은 방송 5년 차부터였습니다. 잘하려고 몸에 잔뜩 힘을 주고 있으면 위기 상황에 대처할 수 있는 능력이 떨어집니다.

　그리고 자기가 갈 자리는 다 정해져 있는 것 같습니다. 욕심을 낸다고 해서 그 자리에 가게 되는 것이 아니라 차례가 오는 거겠죠. 기회가 왔을 때 그 기회를 잡을 준비가 되어 있도록 매일매일 조금씩 준비를 해가면 되는 것일 겁니다. 오늘 내가 한 모든 것이 다 내일의 기회가 될 수 있을 겁니다. 지금 내가 하고 있는 일들이 반복된다고 익숙하게만 생각하지 말고 내가 뭔가 할 수 있음에 감사하면서 하루하루를 살아야겠습니다.

MBN 〈뉴스 와이드〉 진행

choi ji yin.

잠시 쉬어 갈 의자

금요일…. 지치고 힘들지만, 그래도 힘을 내봅니다. 내게 힘이
될 만한 것들이 어떤 게 있을까요? 생각만 해도 기분 좋아지는
것들… 하나씩 있으시죠? 그래야 지친 일상에 활력을 불어넣을
수 있을 테니까요.

그런데 도통 힘이 날 만한 일이 생각나지 않네요. 너무 각박하
게 살고 있는 건 아닌지 되돌아보게 됩니다. 이러다 언젠간 터질
것 같아요. 터져서 하늘 위로 날아갈까요? 바람이 들어올 만한
구멍은 만들어놓고 살아야 할 텐데요. 잠시 쉬어 갈 의자는 있어
야 할 텐데요.

속도 조절을 잘해야겠습니다. 너무 앞만 보고 달리지 말고 가
끔은 쉼표도 찍어줘야겠습니다. 휴가 때 해외 아트 페어를 나가
고 싶었는데, 휴가 기간이 정해져 있네요. 그래도 오늘은 휴가를
써도 된다는 소식을 들었습니다. 채찍만 쓰는 게 아니라 가끔은
당근을 주는 세상이어서 다행입니다.

칭찬의 힘

글자도 모르던 아주 어릴 때였던 것 같습니다. 그림을 그리는데 엄마가 "토끼 꼬리가 동그란 건 어떻게 알았어? 우리 딸 그림에 소질이 있는가 봐. 천재인가 보네"라고 했던 말이 기억납니다. 그리고 그 이후 그림 그리는 것을 좋아하게 됐습니다. 칭찬은 회초리보다 강한 것 같습니다. 방송도 못한다, 못한다 하면 더 못하게 되더라고요.

칭찬을 들으면 더 의욕적으로 하게 됩니다. 잘하고 싶고 인정받고 싶은 마음에 그렇습니다. 저뿐 아니라 다른 분들도 마찬가지겠지요. 상대방의 나쁜 점을 찾아내기보다 좋은 점을 찾아내서 칭찬할 줄 아는 상사가 최고의 상사라고 하던데요, 누군가를 키울 때는 적절한 칭찬 요법이 꼭 필요한 것 같습니다.

아이를 화가로 키우고 싶은 부모님들도 미술 학원을 보내고 과외를 시키기보다 아이와 함께 그림 그리는 시간을 늘리면서 아이에게 칭찬을 많이 해줘보세요. "이건 뭐니?"라고 말을 걸면서요. 절대로 "이건 ○○이구나!"라고 단정 짓지 마세요. 아이들의 눈은 어른들의 눈과 다르거든요.

나비… 날다-회상, mixed media(25×25cm) 2012

자기 관리

회사에서 돌아오면 저녁 시간. 개인전을 앞두고는 밤 9시부터 새벽 3시까지 그림을 그렸습니다. 그렇게 그림을 그리다 보면 꼭 자정쯤 배가 고파지더라고요. 그래서 와인 한 잔과 견과류를 먹었는데요, 그렇게 3개월 정도를 지내고 나니 살이 쪘습니다.

원래는 일주일에 세 번 정도 한 시간 이상은 운동을 해왔는데, 그마저도 못 했으니까요. 생각해보니 방송을 준비하면서부터 나름대로 관리를 해왔는데, 상당 부분 그림을 그리면서 잊고 있었습니다.

저녁에는 가급적이면 먹지 말 것. 아침은 왕같이 점심은 평민같이 저녁은 간소하게. 그리고 일요일 밤 한 주간을 정리하면서 한강을 달리곤 했는데요, 헤드폰을 끼고 한 시간 정도 달리기를 하고 나면 스트레스가 다 풀렸습니다. 그렇게 월요병을 강물에 흘려보낸 건지도 모르겠습니다. 한강은 야경도 좋아서 달리는 중에도 기분이 좋지요.

이런 것들이 습관처럼 자리 잡았었는데, 그림을 그리면서 지키고 있는 것들이 별로 없습니다. 반성해야겠습니다.

오늘부터 다시 계획적으로 살아야겠습니다. 뭐든 노력하지 않고 거저 주어지는 것은 없는 것 같습니다.

외로울 때는

외로울 때는 내가 좋아하는 친구들의 이름을 쭉 적어 내려가 보고 그들이 좋은 이유, 고마운 이유를 적어보세요. 세상에 내 편이 참 많다고 느껴질 겁니다.

이렇게 하는 데는 길어야 한 시간 정도 걸리는데요, 외로울 때, 세상에 혼자라고 느껴질 때 아주 큰 힘이 됩니다.

그리고 자꾸 이름 빠졌다고 서운해하는 친구들이 있을까 봐 수정을 하게 되는데요, 그 친구들 이름과 고마운 이유를 다 적다 보면 책 한 권을 다 채우겠지만, 그 시간 동안 전혀 외롭지 않게 됩니다. 마음이 풍족해집니다. 그 풍족해진 마음이 꽤 오래갑니다.

내가 꿈꾸는 내 모습을

이렇게 힘들 때도 있나 봅니다. 막막하고 막연하고, 힘들다는 표현이 딱 들어맞네요. 사람들 만나는 것도 두렵고, 상처받기 쉬운 상태가 돼서 평소 같으면 그냥 넘어갈 말도 한 번 더 곱씹게 되고…. 제가 봐도 평소의 저 같지 않습니다.

하지만 힘들 때일수록 운동도 하고 좋은 음악도 들으면서 활기차게 저를 만들어야 할 겁니다. 우울할수록 햇볕도 자주 쬐고 마사지도 받으면서 우울한 기분을 떨쳐버려야 할 거예요. 같이 있으면 많이 웃게 되는 친구들을 만나서 고민도 털어버려야겠어요.

누구나 힘들 때가 있습니다. 그래도 슬기롭게 이겨내야 하는 거겠죠? 긍정적으로 생각하며 한 걸음씩 나아가기. 한쪽 문이 닫히면 다른 쪽 문이 열린다고, 그마저도 안 되면 잠시 쉬어 가면 된다고, 쉬어 가다 보면 길이 보인다고 합니다.

이대로 무너질 수 없다, 다시 한 번 다짐해봅니다. 그리고 10년 후 내가 꿈꾸는 내 모습을 다시 한 번 그려봅니다.

호야오, mixed media(30×30cm) 2012

이런 날도 있고 저런 날도 있지

이런 날도 있고 저런 날도 있다고….

　이런 사람을 만날 때도 있고 저런 사람을 만날 때도 있다고….

　정말 그러네요. 참 세상에는 다양한 사람들이 있나 봅니다. 뭐 저마다의 이유가 있을 겁니다. 그리고 그 사람을 지금 만난 이유도 인생을 길게 놓고 보면 있을 겁니다. 상대를 통해서 나를 되돌아봐야겠습니다.

　지금 힘들다고 주눅 들거나 주저앉지는 말아야겠습니다. 세상에는 나를 응원하는 사람들이 생각보다 많습니다. 설령 나를 응원해주는 사람이 없더라도 내가 나를 응원하면 되는 거겠지요. 오늘도 나를 응원하면서 꿈꾸는 미래를 그려나가 봐야겠습니다.

진심 어린 조언

너무 일을 많이 벌이나…. 내가 그동안 잘못 살았던 건가…. 오늘 미팅 중에 저를 돌아보게 됐습니다. 수익의 일정 부분을 좋은 일에 쓰려고 만든 '착한아트상품 지인씨' 일을 하면서 만난 중앙 m&b 사회공헌사업부 고연택 팀장님께서 진심으로 충고를 해주시더라고요.

얼마 전 제 멘토이신 모니카 상무님이 해주셨던 "너무 힘들게 살지 말라"는 말씀.

그동안 정말 워커홀릭처럼 할 수 있는 일이 있다면 어디든 갔습니다. 그 결과 지금의 제가 만들어졌고요. 그 과정에서 똑소리 나게 제 것을 못 챙길 때도 많았다는 거 인정합니다.

하지만 그 결과 좋은 분들을 많이 알게 됐고, 그렇게 알게 된 분들 중 한 분이 오늘 조언을 해준 팀장님이셨어요. 제 몸값은 스스로 올려야 한다는 조언이었는데요. 진심 어린 조언 고맙습니다. 결론은 "이제부터는 현명하게 모르면 누군가에게 물어보면서 일하자. 그리고 내 몸값은 스스로 높이는 거다".

그런데 오는 길에 또 지인의 부탁으로 일거리 하나 덥석 물어왔네요. 매니지먼트를 해줄 누군가가 있었으면 좋겠다는 생각… 또 하게 됩니다.

마음속 엄마

제게는 마음속 엄마가 두 분 계십니다. 저를 키워주신 할머니와 앞서 언급한 모니카 상무님.

　할머니는 보살핀다는 것에 대해 알려주신 분입니다. 따뜻하게 챙겨주고 필요한 것이 없나 찬찬히 살펴주시는 할머니는 항상 제 편에 서서 저를 토닥여주셨습니다.

　해가 질 때까지 귀가하지 않으면 밖에 나와서 기다리실 할머니 생각에 할머니와 같이 살면서는 어두워지기 전에는 꼭 집에 들어갔습니다. 어두워지면 위험하다고, 혹시라도 무슨 일이 생길까 겁이 난다고 할머니께서는 걱정을 하셨습니다. 할머니 다리에 누워 있으면 머리를 쓰다듬어 주시면서 "내 새끼, 우리 예쁜 강아지"라고 하시며 그날 무슨 일이 있었는지 하나씩 묻곤 하셨습니다.

　도시락도 늘 최고였어요. 그래서 점심시간이면 저에게로 오는 친구들도 꽤 있었습니다. 생각해보면 할머니는 제 도시락을 좀 더 맛있게 싸주시려고 요리 방송도 보고, 장도 봐 오시곤 했습니다. 큰 사랑 속에 학창 시절을 보낼 수 있어서 저는 참 행복했습니다. 할머니처럼 저도 그렇게 따뜻하고 정이 많은 엄마가 되어야지 생각해봅니다.

홍보 회사에 계시는 모니카 상무님은 파티에서 만났습니다. 저와 나이 차이가 많이 나지 않는 언니라고 생각했는데, 알고 보니 대학생 딸이 있는 두 아이의 엄마였어요. 처음에는 관리를 잘해 젊음을 유지하고 있는 모습이 존경스러웠습니다. 그리고 알아가면서는 두 딸에게 친구 같은 엄마로 지내는 모습이 닮고 싶었습니다. 그래서 요즘은 제가 큰딸로 지내고 있습니다. 저도 모니카 상무님처럼 친구 같은 엄마가 되어야지 다짐해봅니다.

좋은 사람들

세상에는 참 다양한 사람들이 있는 것 같습니다. 〈아름다운 TV 갤러리〉라는 프로그램을 진행했었는데요. 화가들이 그림을 그리면서 평론가에게 그림에 대한 평도 듣고, 그림과 인생에 대한 이야기도 나누는 프로그램입니다. 저도 언젠가 작가로서 방송에 참여할 기회가 오겠지요.

한번은 인터뷰 중에 아이들에게 그림을 가르쳐줌으로써 재능 나눔을 하고 있다는 김지희 작가를 만났습니다. '나보다 어리지만, 그리고 말도 조용조용하지만 속이 꽉 찬 사람이다'라는 생각을 했어요.

이렇게 좋은 분들도 만나고 있으니까 안 좋았던 일들은 빨리 잊으려 합니다. 그래도 좋은 분들을 더 많이 만나 다행이에요. 서운한 감정은 모래에 새기고 배울 것들은 돌에 새겨놔야겠습니다.

김난도 교수님, 프로젝트 AA 손보미 대표, 최지인 아나운서, 김지희 작가(왼쪽 위부터 시계 방향)

사랑해, mixed media(30×30cm) 2012

착한아트상품 지인씨

'착한아트상품 지인씨'는 2012년 도어즈아트페어에서 다시 그림을 그리게 도와주신 교수님께 감사의 의미로 스카프를 선물하려고 만들게 됐습니다. 고마운 마음을 전하고자 더 정성껏 만들었습니다. 그림은 선뜻 사지 못해도 실용적인 아트 상품은 좋아하며 구매하시는 분들이 많은 것을 보고 상품의 수를 늘려가게 된 겁니다. 이제는 시계도 나오고 디자인 문구류, 구두까지 다양한 제품들이 만들어졌습니다. 앞으로도 더 많은 제품을 만들 계획입니다.

'지인씨'의 '지인'은 '아는 사람'이란 의미입니다. 전반적으로 컨설팅을 해주고 힘을 주는 지인[SJ]을 비롯해서 디자인을 도와주는 지인[MJ]과 판매를 도와주는 지인[ZU] 등 도와주는 사람들도 점점 늘어나고 있습니다. 또 지인들이 힘을 보태줘서 얼마 전에는 교보문고에서 프로모션 이벤트도 했습니다. 입점까지 생각하면서 준비했는데 보완할 부분을 보완해서 다시 문을 두드려보려합니다.

일단은 홈페이지를 만들고 인터넷상에서 좀 더 쉽게 지인씨 제품 만나보실 수 있게 했습니다http://jiyin.co.kr. 그리고 지인씨가 10년 후에는 바른손처럼 큰 기업이 되길 꿈꿉니다.

　착한아트상품 지인씨는 수익의 일정 부분을 오픈 핸즈에 기부하고 있습니다. 오늘도 기부를 하고 왔는데요, 아직 적은 금액이지만 점점 회사를 키워서 큰 도움이 될 수 있었으면 좋겠습니다. 꿈이 있으니 조급해하지 말고 담담하게 시련도 이겨내야겠죠! 고맙습니다. 착한 지인들.

예술의전당 아트숍 판매 전경

착한아트상품 지인씨와 함께한 김현욱 아나운서, 신지애 골프 선수, 최지인 아나운서,
최병철 런던올림픽 펜싱 동메달리스트, 양준혁 전 야구 선수(왼쪽 위부터 시계 방향)

새 프렌즈, 나무 위에 아크릴(15×50cm) 2012

고맙습니다

남들보다 조금 일찍 전공을 찾을 수 있었던 데는 선생님들의 도움이 컸습니다. 미술 대회에서 그린 그림을 칭찬하며 상을 주신 박은수 선생님, 그리고 부모님을 학교로 모셔서 저는 그림을 시켜야 하는 아이라고, 미술을 전문적으로 교육시키지 않으면 양녀로 삼아 미술을 시키겠다고 강하게 말씀해주신 교장 선생님. 물론 부모님께서도 제가 좋아하는 것을 하면서 살게 해주고 싶다고 적극 지원해주셨고요.

 그림을 다시 그리게 된 것도 대학 은사님이신 권희연 교수님께서 다시 학교로 불러주신 영향이 컸는데, 지금도 그림을 사진으로 찍어 가 지도를 받곤 합니다. 권희연 교수님, 신지원 교수님께서는 아트 페어에도 오셔서 격려를 해주시고, 건강까지 염려해주십니다.

 이렇게 도움을 주신 분들이 있어 지금의 제 모습을 만들 수 있었습니다. 물론 알게 모르게 도움 주시는 분도 많고요. SNS나 기사로 응원해주시는 분들도 많죠. 모두 고맙습니다.

epilogue

지금이 끝이라고 생각하지 않습니다.
저는 현재 진행형을 살고 있습니다.
오늘도 저는 방송을 하고
그림을 그리고 글을 씁니다.
내일도 저는 사람들을 만나고 사랑하고
때론 실수도 하고 마음 아파하고
이해하려고 애쓰며 살아가겠지요.
그래도 이 순간순간을 충분히 느끼겠습니다.
그렇게 후회 없이 살겠습니다.

나중에 되돌아봤을 때
부끄러워서 쥐구멍을 찾고 싶을지라도
제 흔적을 남기며 살겠습니다.

앞으로도 작업을 통해 얻게 된 생각이나

그림을 그릴 당시의 이야기를
풀어내도록 하겠습니다.
그리고 조금씩 나아지도록 노력하겠습니다.

늘 지나고 나면 아쉽지만
그래도 있는 힘을 다했기에 행복합니다.

책을 쓸 수 있도록 도움 주신 분들이 많습니다.
교정까지 도와주신 아빠, 세심하게 배려해주신
책만드는집 김영재 대표님과 이성희 기획실장님,
논문 진행 중에 책을 펴내게 되어
걱정하며 챙겨주신 권희연 교수님,
좀 더 꼼꼼하게 체크하라며 아이디어 주시고 조언해주신
김종근 교수님과 권지예 선생님 모두 감사합니다.
그리고 지금 이 책을 읽고 있는 당신께도 감사하다는 말…
꼭 전하고 싶습니다.

최지인의 그림에 대하여

그녀의 그림이 맛있는 이유

김종원 「삼성가의 여자들」 저자
이지성 「꿈꾸는 다락방」 저자

백 년 이상의 세월 동안 '미식가들의 성서'와 같은 위치를 차지하고 있는 미슐랭 가이드Michelin Guide라는 게 있다. 미슐랭 가이드의 별 3개 등급은 단지 그 식당에 가기 위해 그 나라에 갈 가치가 있다는 것을 의미한다. 나는 엉뚱하게도 최지인 작가의 그림을 볼 때마다, 미슐랭 가이드의 별 3개 등급을 받은 식당에서 받았던 감동을 느끼게 된다. 맛이다. 그녀의 그림을 볼 때면, 최고의 음식을 먹을 때처럼 온몸이 두근거린다. 그림에서 달콤한 소스의 맛이 느껴지고, 그 감성과 철학을 씹어 먹고 싶다는 충동을 느끼기도 한다.

그녀의 그림이 맛있는 이유는 그녀의 삶이 멋지기 때문이다. 당연하지만, 멋진 그림을 그리려면, 멋진 인생을 살아야 한다. 그리고 인생에 변하지 않는 자신만의 철학이 있어야 한다.

'나는 슈퍼맨 스타일'이라는 작품 역시 그녀의 철학이 느껴진다. 전체적으로 감성적인 변화보다는 부조리한 삶의 현실을 잘 표현했다. 그래서 이 그림을 보면 나도 모르게 두 눈을 부릅뜨게 되고, 주먹을 불끈 쥐게 된다. 콘크리트 바닥을 뚫고 피어난, 아프지만 아름다운 꽃을 바라보는 느낌이 들기 때문이다. 그 꽃은 무슨 일을 하든 바닥부터 치고 올라오는 최지인 작가의 삶과도 닮아 있다. 그래서 더욱 현실적이다. 하지만 그녀는 절대 감상에 치우치지 않는다. 자신이 생각하고 있는 이미지를 담담하게 표현한다.

  기계처럼 주어진 멘트만 외우는 삶을 표현한 '태엽 감은 人' 역시 마찬가지다. 하지만 여기에서는 희망이 보인다. 십 분을 위해 열 시간 준비하는 고통스러운 삶을 살고 있지만. 그녀는 그걸 고통이라 부르지 않기 때문이다. 구름을 희망 삼아 하늘을 걷고 있는 그녀의 모습에서 꿈으로의 열정이 보인다.

  전체적으로 그녀의 그림은 꿈과 희망을 이야기하고 있지만, 그 내면에는 세상에서 버림 받은 것들에 대한 이야기를 하고 있다. 그게 뚜렷하게 보인다. 소외 받은 것들은 울지 못한다. 때문에 그녀는 울지 못하는 그것들에 가장 가깝게 다가가 '그림이라는 확성기'를 대고 그들의 고통을 세상에 알리려 한다. 그녀의 그림 안에서 그들은 그제야 목을 내놓고 운다. 그녀의 그림을 쉽게 지나칠 수 없는 이유는, 단 하나. 그들은 '당신'이기도 '나'이기도 하기 때문이다.

i'm superman style, mixed media(35×41cm) 2012

날고 싶고 거듭나고 싶고 자기를 꽃피우고 싶은 욕망

고충환 미술평론가

'다시 시작', '나비 날다', '살다 보니', '날개', '날개 단 인형', 그리고 '날개를 펴고 싶다'. 그동안 최지인이 자신이 그린 그림에 붙인 주제들이다. 그림도 그렇지만 이 주제들에는 사연이 있다. 작가가 자신에게 들려주는 독백이 있고, 남들에게 들려주는 고백이 있다. 그래서 자전적이고 서사적이다. 그 독백이며 고백은 작가 자신에게 한정되지 않는다. 사람 사는 꼴이 어슷비슷한 까닭에 쉽게 공감이 된다. 그렇게 작가는 자신을 이야기하면서 사람들이 사는 모습을 이야기했고, 개별성을 보편성으로 확장할 수 있었다.

다시 시작한다는 것, 그것은 아마도 작가가 그동안 생활인으로 지내오면서 잠시 접어두었던 꿈을 다시 펼쳐 든 소회며 다짐이며 자기 자신에게 거는 최면과도 같은 것일 터이다. 그동안 책 갈피 속에 고이 간직해두었던 마른 꽃잎을 새삼 펼쳐 들듯 지금

껏 꿈속에 갇혀 있었던 나비를 현실로 날려 보낸다. 그렇게 작가는 그림을 다시 시작할 수 있었고, 나비는 그림 속 가상현실 속으로 날아오를 수가 있었다. 그렇게 그려진 그림을 보면, 사진전사기법으로 이미지를 전사한 연후에 그 위에 덧그린 그림이 비현실적이고 몽환적이고, 어슴푸레하고 몽롱한 느낌이다. 꿈속으로부터 가상현실 쪽으로 옮아왔다지만, 정작 미처 꿈을 깨지 못한 듯 몽몽한 느낌이다. 꿈속에서 가상현실 아님 대체 현실 쪽으로 이행했다기보다는 또 다른 꿈속으로 갈아탄 것 같고, 하나의 꿈에서 다른 꿈으로 이행한 것 같다고나 할까. 전사기법이 바탕에 깔린 것인 만큼 현실 속 실재하는 장소가 차용된 것인데도, 왠지 실재하지 않는 장소를 보는 듯 비현실적인 느낌이다. 언젠가 어디선가 본 듯한 느낌이, 친근하고 낯선 느낌이 기시감을 불러 일으키고 데자뷔를 떠올리게 한다. 여기에 아마도 작가의 화신이며 분신일 나비가 이런 꿈속이며 비현실적인 느낌을 강화시켜 준다. 그렇게 작가는 꿈인지 생시인지 모를 현실 속으로 나올 수 있었고 날아오를 수가 있었다. 어쩌면 삶은 또 다른 꿈을 꾸는 것인지도 모르고, 꿈속에 또 다른 꿈이 겹겹이 포개진 것일지도 모른다. 그렇게 작가의 그림은 꿈과 현실의 경계가 허물어진 차원을 떠올리게 하고, 장자몽이며 호접몽을 떠올려 주고 있었다.

그렇게 나와진 현실을 살면서 작가는 사람들이 겪는 이런저런 일들을 겪는다. 그리고 작가의 분신은 나비로부터 빠져나와 이런저런 인형들에게로 투사된다. 인형은 인간과 닮아 있다는 점에서 인간을 대리한다. 인간에게 못 할 말도 인형을 통해 말할 수 있고, 때론 인간에게 못 할 짓도 인형을 통해 대신할 수도 있다. 그래서 인형은 유년의 추억을 불러일으키고, 특히 여성의 성적 정체성 형성과 관련이 깊지만, 그 자체 이중적이고 양가적이다. 동화적인 판타지를 열어 보이는가 하면, 동시에 악몽과도 같은 현실을 은폐하고 있다. 동화란 현실로부터 도피하고 싶은 인간의 욕망이 그려낸 것이며, 악몽은 그렇게 도피하고 싶은 욕망에 대한 현실원칙이며 현실의 처벌이 그려낸 것이다. 그렇게 인형에는 야누스처럼 두 얼굴이 하나로 포개져 있다. 그렇게 포개져 있어서 설핏 잘 보이지는 않지만, 잘 보면 보인다. 인형은 사물이고, 그 얼굴은 그려 넣은 것이다. 그래서 그 표정은 그려준 대로 언제나 웃고 있다. 마치 피에로처럼 감각적 표면에 드러난 세계의 층위에 속한 얼굴이며 표정이며 웃음이다. 그러므로 그 웃음은 어쩌면 그 이면에서 울음을 울고 있는지도 모른다. 그렇게 작가의 인형 그림은 마치 어린 왕자를 보는 듯 천진난만하고 순수하고 순진한 것 같지만, 사실은 어린 왕자가 그렇듯 억압적인 현실이며 현실원칙에 대한 부정 의식을 숨겨놓고 있는지도 모른다. 그 외양이 천진난만하고 순수하고 순진해서 오히려 더 그런지도 모를 일이다.

그래서 작가는 인형들에게 날개를 달아준다. 곰 인형이며 토끼 인형, 양 인형이며 목마, 심지어 로봇마저 날개를 달고 있다. 날아오르고 싶은 욕망이며 현실로부터 도피하고 싶은 욕망을 투사한 것인데, 전작에서 마치 꿈의 전령과도 같은 나비의 몽롱한 날갯짓이 좀 더 분명한 형태를 얻었다고나 할까. 작가의 분신이 나비로부터 인형으로 옮아왔듯, 날고 싶은 작가의 욕망이 나비의 날갯짓으로부터 인형의 날개로 확대 재생산된 경우로 볼 수가 있겠고, 그 자체 다른 그림에서 아예 비상하는 새를 도입하는 것으로 확장될 터였다. 한편으로 인형들에게 날개를 달아주는 작가의 행위는 유년의 추억에 날개를 달아주는 행위로 볼 수 있겠고, 현실원칙에 부닥쳐 욕망이 억압되기 이전의 상태(자크 라캉이라면 상징계 이전의 상상계라고 했을)로 자기를 돌이키고 싶다는 의지를 반영한 경우로 볼 수 있겠고, 현실원칙이 강한 만큼 은폐되어 있던 도피(아님 승화?)의 욕망을 오히려 더 공공연히 한 경우로 볼 수가 있겠다. 그렇게 작가는 인형들에게 이중적이고 양가적인 성격을 부여했고, 인형들 중 특히 작가의 분신이랄 수 있는 오뚝이 인형(넘어지면 자동으로 일어서는, 현실원칙이 강한 만큼 승화의 가능성도 높은)에 투사할 수가 있었다.

그리고 작가는 근작에서 새를 소재로서 도입한다. 나비와 날개 단 인형에 연이어진 새는 말할 것도 없이 날고 싶은 욕망을 상징하고, 거듭나고 싶은 승화를 상징한다. 각각 나비와 날개 단 인형, 그리고 새로 나타난 소재는 각각이지만, 하나같이 날고 싶은 욕망을 공유하고 있다는 점에서 일관성을 유지하고 있고, 하나같이 거듭남의 계기를 탑재하고 있다는 점에서 일종의 통과의례를 겪고 있는 경우로 볼 수가 있다. 그렇게 근작에서 새는 본격적인 도약을 예비하고 있고 비상을 꿈꾼다. 그리고 작가는 이처럼 도약을 예비하고 있고 비상을 꿈꾸는 새를 다양한 형식 속에 담아낸다. 원색 대비가 뚜렷한 화면이며, 흑백 대비로만 한정한 화면, 안료와 함께 에폭시와 비즈를 이용해 화려한 비상을 꿈꾸는 새에 걸맞은 장식성을 부여해준 화면, 그리고 여타의 생활 오브제(이를테면 앤티크를 연상시키는 목가구의 일부분을 차용한)를 도입해 화면 대신 그린 그림 등이다. 비록 소재는 똑같은 새이지만, 새를 빌려 새의 다양한 생리를 표현하려 했고, 새에 투사한 욕망의 다른 층위들을 전달하려 했다. 나아가 각기 다른 새 그림을 모자이크처럼 한자리에 모아본다든지, 서로 마주 보게 배열하는 식의 가변 설치 방식을 통해 서사의 영역이며 범주를 확장하려는 형식 실험의 일면이 엿보인다. 그렇게 작가의 그림에서 새는 다양한 형식으로 거듭날 수 있었고, 욕망의 다양한 질감을 표상할 수가 있었다.

특이한 것은 작가의 그림에 나타난 새의 형상이 낯설지가 않다는 점이다. 초현실주의 화가 르네 마그리트의 새 그림을 차용한 것인데, 비상하는 새의 날갯짓이 전형성을 엿보게 한다. 아마도 비상하는 새의 전형적인 형태(기호)를 의식한 것일 것이고, 대중에게 좀 더 친근하게 다가가고 싶은 배려가 작용했을 터이다. 흥미로운 것은 마그리트의 그림에서 초현실주의자 특유의 사물의 전치기법이 적용되고 있고, 똑같은 기법이 작가의 그림에서 또 다른 형태로 변주되고 있다는 사실이다. 사물의 전치기법은 주지하다시피 상호 이질적인 사물과 사물, 이미지와 이미지, 모티브와 모티브를 한자리에 배열함으로써 예기치 못한 의외의 서사를 생성시키려는 기획에 연유한다. 이를테면 마그리트는 새의 형상 속에 하늘을 그려 넣어 창공을 나는 새와 그 새가 날고 있는 창공을 합치시켰다. 그리고 작가는 새의 형상 속에 꽃을 그려 넣어 자기를 꽃피우고 싶은 새(아님 작가)의 꿈이며 욕망을 그렸다. 날고 싶은 욕망과 꽃피우고 싶은 욕망이 합치되면서 욕망을 강조한 것이다.

재밌는 것은 이처럼 새의 형상과 꽃 이미지가 합치된 그림을 작가는 '신화조화'라고 부른다는 사실이다. 알다시피 전통적으로 화조화는 새 그림과 꽃 그림이 하나의 화면 속에 서로 어우러진 그림을 말한다. 그렇게 어우러진 것이 작가의 그림에선 아예 한 몸으로 합치되고 합체되었다. 이로써 각각 나비와 날개 단 인형과 새를 경유한 작가의 그림은 날고 싶고 거듭나고 싶고 자기를 꽃피우고 싶은 작가(그리고 어쩌면 우리 모두)의 욕망을 투사하고 있고, 그 투사는 근작에서 신화조화라는 새로운 국면을 맞고 있다. 그 형식 실험이 어떻게 전개되고 변주될지 궁금해지고 기대가 된다.

최지인

서울예술고등학교 졸업
숙명여자대학교 미술대학 동양화과 졸업
숙명여자대학교 미술교육 대학원 재학 중

2012. 10	2012 끌림전
2012. 11	도어즈아트페어 개인부스 기획초대전
2012. 11	세계미술작가창작공모전 금상
2012. 11~12	한국미술정예작가크리스탈전
2012. 12	코엑스 홈앤데코테이블 아트페어
2012. 12	코엑스 아트아시아 현대미술 100인 소품전
2012. 12	비욘드뮤지엄 다문화가정후원자선전시회
2012. 12	위갤러리 소아암환자후원자선전시회
2013. 4	제6회 한국미술작가상 청년작가상
2013. 1~2	아카갤러리 Art of Angel전
2013. 2	서울국제미술제 우수작가상
2013. 2	서울미술관 서울국제미술제 수상기념전
2013. 4	한국미술센터 한국미술상 수상기념 초대개인전
2013. 5	코엑스 서울오픈아트페어
2013. 5	예술의전당 60회 서울예고 동문전
2013. 6	수원미술전시장 나혜석미술대전 수상기념전
2013. 6	팔레드서울 We Now전
2013. 7	인사아트센터 춘추회전
2013. 7	메디슨뉴욕아트센터 7월 작가전
2013. 9	단원미술대전 수상기념전
2013. 11	대구아트페어

잘 지내나요

—

초판 1쇄   2014년 5월 30일
지은이   최지인
펴낸이   김영재
펴낸곳   책만드는집

—

주소   서울 마포구 양화로3길 99 4층 (121-887)
전화   3142-1585·6
팩스   336-8908
전자우편   chaekjip@naver.com
출판등록   1994년 1월 13일 제10-927호
ⓒ 최지인, 2014

—

—

ISBN   978-89-7944-480-3 (03810)

이 도서의 국립중앙도서관 출판사도서목록(CIP)은 e-CIP
홈페이지(http://www.nl.go.kr/cip.php)에서 이용하실 수 있습니다.
(CIP제어번호 : CIP2014014488)